Toi et moi

Paul Géraldy

Toi et moi

Préface de Jane Birkin

Stock

PRÉFACE

Chalon-sur-Saône, vendredi 28 janvier

Pas pour moi « chérie », « ma petite », la douceur...
Je lâche les feuilles, libérées elles volent en désordre dans la chambre d'hôtel. Je les ramasse en vrac et tombe sur une phrase : « Si tu m'aimais, et si je t'aimais, comme je t'aimerais ! » Mes poignées pleines de mots écrasent les pages : « Souffre un peu. Doute si je t'aime. Sois triste pour que je sois gai. » Rectangles blancs sur le tapis, je les retourne :
« Je tâche en vain sous mes baisers
de ranimer l'âme éphèmère.
C'est fini. Le charme est brisé.
Et tu ressembles à ta mère. »
Monstrueux ! C'est toi, c'est moi, c'est *Toi et moi.*
Je ressors les feuilles de ma valise. La première page est la dernière :
« Tu ne peux pas partir par ce temps... Allons, reste !
Oui, reste, va ! On tâchera de s'arranger.
On ne sait pas... Nos cœurs, quoiqu'ils aient bien changé,
Se reprendront peut-être au charme des vieux gestes.

On fera son possible. On sera bon. Et puis,
On a beau dire, au fond, on a des habitudes...
Assieds-toi, va ! Reprends près de moi ton ennui.
Moi près de toi je reprendrai ma solitude. »

Il pleut, ce vendredi, à Chalon-sur-Saône.

J'ai toujours pensé qu'il me manquait une voix, la voix de l'homme. Il n'y avait que la mienne, et toujours cette nostalgie du début. Tout est si loin, maintenant... Mais il y avait un début. Un départ en train, un homme qui courait le long du quai, je le voyais jusqu'au moment où mon wagon se détournait de lui. Il était comme une poupée désarticulée, sans son, mais j'étais loin déjà... Et si cette silhouette brassant la nuit avec ses gestes avait un son ? Si j'avais été injuste, ou banale, de croire qu'il y avait un désir au féminin pour l'absolu ? L'hystérie c'était au féminin, la cruauté au masculin.
« J'ai bu ta lettre avec une hâte fiévreuse.
Mais toi, lorsque ces mots écrits te parviendront,
Peut-être seras-tu dans un groupe, joyeuse...
Ton amie te dira : "Ma chère, lisez donc !"

Préface

Mais t'éventant avec ma lettre sans la rompre,
Ayant vérifié l'adresse d'un regard,
Peut-être diras-tu, pour ne pas t'interrompre :
"Ce n'est rien... Ce n'est rien... Je lirai ça plus tard..." »

Et si c'était moi qui était cruelle ? Parce que l'enveloppe, je l'ai mise dans ma poche, sagement, à ouvrir plus tard... Cette lettre venait de toi, elle est dans mon sac, je la lirai tout à l'heure, dans le train...

Je suis elle
Je suis toi
Toi et moi.

Jane Birkin

Si tu m'aimais, et si je t'aimais,
comme je t'aimerais !

I

EXPANSIONS

Ah ! je vous aime ! Je vous aime !
Vous entendez ? Je suis fou de vous. Je suis fou...
Je dis des mots, toujours les mêmes...
Mais je vous aime ! Je vous aime !...
Je vous aime, comprenez-vous ?
Vous riez ? J'ai l'air stupide ?
Mais comment faire alors pour que tu saches bien,
pour que tu sentes bien ? Ce qu'on dit, c'est si vide !
Je cherche, je cherche un moyen...
Ce n'est pas vrai que les baisers peuvent suffire.
Quelque chose m'étouffe, ici, comme un sanglot.
J'ai besoin d'exprimer, d'expliquer, de traduire...
On ne sent tout à fait que ce qu'on a su dire.
On vit plus ou moins à travers des mots.
J'ai besoin de mots, d'analyses !

Expansions

Il faut, il faut que je te dise...
Il faut que tu saches... Mais quoi !
Si je savais trouver des choses de poète,
en dirais-je plus – réponds-moi –
que lorsque je te tiens ainsi, petite tête,
et que cent fois et mille fois
je te répète éperdument et te répète :
Toi ! Toi ! Toi ! Toi !...

II

NERFS

Non ! Ne t'enfuis pas ! Ce geste
de te repousser de moi,
cette rigueur, cette voix,
ce mot brutal – reste ! reste ! –
ne s'adressaient pas à toi.

Je ne gronde et vitupère
que contre mon propre ennui.
C'est sur toi qu'en mots sévères
se délivrent mes colères,
mais c'est moi que je poursuis.

T'en vouloir ? De quoi ? Je pense
à ton cœur sans récompense.
Je le voudrais rendre heureux.
C'est de mon insuffisance,

pauvrette, que je t'en veux.

Ris-toi donc du méchant geste
et pardonne aux mots mauvais.
Et ne sois plus triste. Et reste...
En toi ce que je déteste,
c'est le mal que je te fais.

III

TRISTESSE

Ton Passé !... Car tu as un Passé, toi aussi !
un grand Passé, plein de bonheurs et plein de peines...
Dire que cette tête est pleine
de vieilles joies, de vieux soucis,
d'ombres immenses ou petites,
de mille visions où je ne suis pour rien !
Redis-les-moi toutes ces choses cent fois dites.
Tes souvenirs, je ne les sais pas encor bien.
Ah ! derrière tes yeux, cette nuit, ce mystère !
Ainsi c'est vrai qu'il fut un temps où quelque part
tu gambadais dans la lumière
avec de longs cheveux épars,
comme sur ces photographies !
Raconte-moi. C'est vrai ? C'est vrai ?
Tu fus pareille à ce portrait

où tu n'es même pas jolie ?
Explique. En ce temps-là, qu'est-ce que tu faisais ?
Qu'est-ce que tu pensais ? Qu'est-ce que tu disais ?
Que se passait-il dans ta vie ?
Ce grand jardin a existé, qu'on aperçoit ?
De quel côté était la grille ?
Es-tu sûre que ce soit toi
cette affreuse petite fille ?
Ce chapeau démodé, ce chapeau d'autrefois,
fut ton chapeau ? Tu es bien sûre ?
Et toutes ces vieilles figures,
ce sont les gens qui te connurent
avant moi ?
C'est à ces gens que tu dois ton premier voyage,
ta première nuit dans un train,
ta première forêt, et ta première plage ?
C'est eux qui t'ont donné la main,
et qui t'ont prêté leur épaule,
et qui t'ont dit : « Regarde là... » ?
Hélas ! pourquoi tous ces gens-là
ne m'ont-ils pas laissé ce rôle ?
J'aurais tant aimé t'emporter
loin, toute seule, et t'inventer
de merveilleux itinéraires !
Je t'aurais révélé les soirs et les étés,

appris le goût des longues routes solitaires
et dit les noms des beaux villages aperçus.
Je t'aurais présenté la Terre...
Je crois que j'aurais très bien su.
Et de tant d'horizons splendides,
de tant de villes, de pays,
peut-être aurait-il rejailli
un peu de gloire sur le guide...
Ah ! tous ces gens, petit chéri,
savent-ils bien ce qu'ils m'ont pris ?
C'est fini. L'on n'y peut rien faire.
C'est l'irréparable. Voilà.
Et cependant tous ces gens-là
ont l'air de gens très ordinaires.
Sois certaine qu'entre nous deux
si nous sentons aussi souvent des différences,
ce n'est qu'à cause d'eux, oui, d'eux
qui, sous prétexte de vacances,
te menèrent de-ci, de-là,
et mirent leur empreinte, avant moi, sur ta vie...
Ne pensons plus à tout cela.
Range-moi ces photographies.

IV

ABAT-JOUR

Tu demandes pourquoi je reste sans rien dire ?
C'est que voici le grand moment,
l'heure des yeux et du sourire,
le soir, et que ce soir je t'aime infiniment !
Serre-moi contre toi. J'ai besoin de caresses.
Si tu savais tout ce qui monte en moi, ce soir,
d'ambition, d'orgueil, de désir, de tendresse,
et de bonté !... Mais non, tu ne peux pas savoir !...
Baisse un peu l'abat-jour, veux-tu ? Nous serons mieux.
C'est dans l'ombre que les cœurs causent
et l'on voit beaucoup mieux les yeux
quand on voit un peu moins les choses...
Ce soir je t'aime trop pour te parler d'amour.
Serre-moi contre ta poitrine !
Je voudrais que ce soit mon tour

d'être celui que l'on câline...
Baisse encore un peu l'abat-jour.
Là. Ne parlons plus. Soyons sages.
Et ne bougeons pas. C'est si bon
tes mains tièdes sur mon visage !...
Mais qu'est-ce encor ? Que nous veut-on ?
Ah ! c'est le café qu'on apporte !
Eh bien, posez ça là, voyons !
Faites vite !... Et fermez la porte !...
Qu'est-ce que je te disais donc ?
Nous prenons ce café... maintenant ? Tu préfères ?
C'est vrai : toi, tu l'aimes très chaud.
Veux-tu que je te serve ? Attends. Laisse-moi faire.
Il est fort, aujourd'hui ! Du sucre ? Un seul morceau ?
C'est assez ? Veux-tu que je goûte ?
Là. Voici votre tasse, amour...
Mais qu'il fait sombre ! On n'y voit goutte...
Lève donc un peu l'abat-jour !

V

CHANCE

Et pourtant, nous pouvions ne jamais nous connaître !
Mon amour, imaginez-vous
tout ce que le Sort dut permettre
pour qu'on soit là, qu'on s'aime, et pour que ce soit nous ?

Tu dis : « Nous étions nés l'un pour l'autre. » Mais pense
à ce qu'il dut falloir de chances, de concours,
de causes, de coïncidences,
pour réaliser ça, simplement, notre amour !

Songe qu'avant d'unir nos têtes vagabondes,
nous avons vécu seuls, séparés, égarés,
et que c'est long, le temps, et que c'est grand, le monde,
et que nous aurions pu ne pas nous rencontrer.

Chance

As-tu jamais pensé, ma jolie aventure,
aux dangers que courut notre pauvre bonheur
quand l'un vers l'autre, au fond de l'infinie nature,
mystérieusement gravitaient nos deux cœurs ?

Sais-tu que cette course était bien incertaine
qui vers un soir nous conduisait,
et qu'un caprice, une migraine,
pouvaient nous écarter l'un de l'autre à jamais ?

Je ne t'ai jamais dit cette chose inouïe :
lorsque je t'aperçus pour la première fois,
je ne vis pas d'abord que tu étais jolie...
Je pris à peine garde à toi.

Ton amie m'occupait bien plus, avec son rire.
C'est tard, très tard, que nos regards se sont croisés...
Songe, nous aurions pu ne pas savoir y lire,
et toi ne pas comprendre, et moi ne pas oser.

Où serions-nous ce soir si, ce soir-là, ta mère
t'avait reprise un peu plus tôt ?
et si tu n'avais pas rougi sous les lumières,
quand je voulus t'aider à mettre ton manteau ?

Chance

Car, souviens-toi, ce furent là toutes les causes.
Un retard, un empêchement
et rien n'aurait été du cher enivrement,
de l'exquise métamorphose !

Notre amour aurait pu ne jamais advenir !
Tu pourrais aujourd'hui n'être pas dans ma vie !...

Mon petit cœur, mon cœur, ma petite chérie !
je pense à cette maladie
dont vous avez failli mourir...

VI

ÂMES, MODES, ETC.

Tu ne serais pas une femme
si tu ne savais pas si bien
te faire et te refaire une âme,
une âme neuve avec un rien.
A ce jeu ta science est telle
que chaque fois que je te vois
tu fais semblant d'être nouvelle,
et j'y suis pris toutes les fois.
Tu sais qu'à la fin tout s'use,
que notre amour est déjà vieux,
alors tu triches, tu ruses,
tu viens avec d'autres yeux,
tu rajeunis sous des fourrures
l'éclat trop prévu de ta peau,
tu renais d'un satin, revis d'une guipure

Âmes, modes, etc.

Et puis, il y a tes chapeaux!
Je crois découvrir en toi quelque chose
de plus grave, de plus profond
Et c'est tout simplement à cause
d'un de ces grands chapeaux qui font
les yeux plus noirs, les joues plus roses,
et qui cachent si bien les fronts!...
Ainsi tu sais, femme mille fois femme,
dès que tu sens mon amour las,
te confectionner une âme
que je ne te connaissais pas.
Alors, amoureux, je saccage
tes lèvres de baisers nerveux,
je prends dans mes mains ton visage
et je rebrousse tes cheveux.
Je ris, je suis heureux, je t'aime...
Mais quand j'ai défait les chiffons
et trouvé tes vrais yeux au fond,
je vois bien que ce sont les mêmes!
Lorsque enfin je tiens dans mes doigts
sous tes cheveux ta tête nue,
tristement déçu, je revois
ton front de la dernière fois :
c'est toujours toi
qui continues...

Âmes, modes, etc.

Je tâche en vain sous mes baisers
de ranimer l'âme éphémère.
C'est fini. Le charme est brisé.
Et tu ressembles à ta mère.

VII

PIANO

Mon amour, j'ai fait pour toi
une chanson sur trois notes.
Je la joue avec un doigt.
Mets-toi là. Écoute-la.
Si tu la trouves trop sotte,
tu me le diras. Voilà.

J'aime une petite étrangement belle.
« Pourquoi, me dit-elle, êtes-vous jaloux ?
Cela se voit bien que je suis fidèle
et n'aime que vous !

Ne plus vous aimer ? Mais c'est impossible !
Vous me paraissez, au milieu des gens,
tellement plus fin, plus doux, plus sensible,
plus intelligent !

Piano

N'ayez donc pas peur, méchant que vous êtes !
Je n'aime que vous. Je ne suis qu'à vous.
C'est très laid, monsieur, de faire le bête
et d'être jaloux ! »

C'est vrai. Je la sens à moi tout entière.
Son cœur n'est pas faible et n'est pas hardi.
Elle est très fidèle. Elle est très sincère...
Mais moi je me dis
qu'à coup sûr, ailleurs, un autre homme existe,
plus parfait que moi, qui viendra vers nous,
qu'il sera joyeux quand je serai triste,
et qu'elle a du goût.

Et je suis jaloux, et je m'inquiète,
et je perds la tête, et j'ai le cœur gros...

Voilà la chanson que je vous ai faite,
mon petit oiseau.

VIII

MÉDITATION

Toujours, toute la vie... Oui, ces mots, ces mots bêtes,
il faut me les redire et me les répéter !
Se quitter ! Nous deux ! Dis ?... On pourrait se quitter ?
Cela te semble fou, monstrueux ?... Oh ! répète !
J'ai besoin d'être sûr de notre éternité.
... Pourtant, quand mon ami m'affirme : « C'est bien elle
la compagne définitive. Que crains-tu ?
Tu n'auras qu'un amour. Vous vous serez fidèles »...
je suis un peu déçu.

IX

JALOUSIE

Je suis jaloux. Tu es là-bas, à la campagne,
et moi je suis là, tout seul, à présent!
Des parents, je sais, t'accompagnent
qui ne sont pas très amusants.
Mais je suis jaloux tout de même,
jaloux de te savoir là-bas par ce printemps...
Tout ce bleu doit te faire oublier que tu m'aimes...
Moi je pense à toi tout le temps!
J'aime l'âme ivre et comme défaite.
Je pleure d'amour et d'ennui.
Ton image est là, dans ma tête :
tu es joliment bien, petite âme, aujourd'hui!
Je suis jaloux, quoi que je fasse ou que je veuille.
Il fait tiède et doux dans Paris!
C'est adorable! Et moi je rage et je t'écris,

Jalousie

à toi, à toi, petit chéri,
qui es là-bas où sont les feuilles...
Tu dois avoir ton grand chapeau
de paille blonde et de glycine
qui met des petits ronds de soleil sur ta peau.
Tu dois bien m'oublier ! Et moi je te devine
jolie, heureuse... Il fait si beau !
Ah ! je pleurerais de colère !
Il a plu pendant tout un mois :
il faut qu'on t'écarte de moi
quand tu m'es le plus nécessaire !
Je ne t'ai jamais tant aimée qu'en ce moment.
Cet air tiède et doux m'exaspère
qui pénètre l'appartement.
Je t'en veux, je souffre, et souhaite
que là-bas tu souffres autant.
Ce n'est pas très gentil, bien sûr ! C'est un peu bête.
Mais, que veux-tu ! je t'aime tant !
Je voudrais que tu me regrettes
au point de haïr ce printemps...
Je serais même assez content
s'il te faisait un peu mal à la tête.

X

DOUTE

Tu m'as dit : « Je pense à toi
tout le jour. »
Mais tu penses moins à moi
qu'à l'amour.

Tu m'as dit : « Mes yeux mouillés
qui ne peuvent t'oublier
restent longtemps éveillés
lorsque je me couche. »
Mais mon cœur est moins grisé
qu'amusé.
Tu penses plus au baiser
qu'à la bouche.

Tu ne te tourmentes point.
Tu sais, sans chercher plus loin,

que nos joies sont bien les nôtres...
Mais l'amour est un besoin.
M'aimerais-tu beaucoup moins
si j'étais un autre ?

XI

TENDRESSE

Tu m'aimes ?... Qu'est-ce que tu fais ?
Tu ne dis rien. Mets-toi plus près.
Laisse ces choses qui t'occupent,
et viens t'étendre, ici, voyons !
Je ferai bien attention.
Je ne friperai pas ta jupe.
Ôtons les coussins s'ils te gênent.
Tâchons de nous installer bien.
Et donnez-moi vos mains, vilaine,
et mettez vos yeux dans les miens.
Si vous saviez comme on vous aime !
Regardez-moi mieux... Encor mieux !
Ça doit bien se voir dans mes yeux
que je t'ai donné tout moi-même !
Tu le vois, dis ? Tu le comprends ?

Tendresse

Mon amour, ce soir, est si grand,
si grave, si profond, si tendre !...
Mais non, tu ne peux pas comprendre...
Tu dis que si ? Tu es gentil.
Je te dis tout ça, mon petit,
c'est pour que tu te rendes compte,
que tu saches... Enfin, voilà.
Regarde : les larmes me montent,
et rien n'existe, et rien ne compte
que ces yeux-là, que ce front-là.
Penche la tête un peu du côté de la lampe,
et laisse-moi, comme un bandeau,
mettre les paumes de mes mains contre tes tempes...
Ainsi c'est bien vrai, mon petit oiseau ?
Ils résument pour moi les tendresses suprêmes,
ces doux yeux attentifs, ce joli front égal ?...
C'est vrai, dis ? C'est vrai ?... Je t'aime ! Ah ! je t'aime !...
Je voudrais te faire du mal.

XII

APAISEMENT

Chérie, on s'est encor très mal quittés. Pourquoi ?
Mais pourquoi ? On s'était tant promis, l'autre jour,
de toujours bien s'aimer ! Mais, tu sais, cette fois,
je n'ai pas commencé. C'est toi... D'ailleurs, toi, moi,
qu'importe ? Ce n'est pas toi, ni moi : c'est l'amour...
Ainsi, tu es partie sur ce mauvais adieu !
Et l'on s'est dit exprès des mots durs, sur le seuil,
la voix mauvaise ! Et moi j'avais mal à l'orgueil !
Et toi, tu renfonçais tes larmes dans tes yeux !...
C'est étrange : dès que nous vivons côte à côte,
nous avons l'air de nous détester. C'est ainsi.
Et ce n'est pas ma faute. Et ce n'est pas ta faute,
car tu m'aimes, je le sais bien. Je t'aime aussi.
Peut-être est-ce de trop nous ressembler. Peut-être
est-ce de trop nous voir et de trop nous connaître.

Apaisement

On sait mieux ses défauts. On est moins indulgent.
On est bête ! On veut trop comprendre... Tu comprends ?
On s'observe. On se scrute. On doute. On n'a jamais
confiance en l'amour. Il faut le laisser faire.
C'est tout simple. Ainsi, tiens : tout à l'heure, on s'aimait.
Il n'y a pas à dire, on s'aimait ! Seulement,
on veut s'aimer comme des gens extraordinaires !
On se tourmente ! On ne peut pas rester tranquilles !
Je vous demande un peu ! S'aimer éperdument,
s'idolâtrer... quand c'est déjà si difficile
de bien s'aimer, tout bêtement !...
Enfin voilà – j'ai réfléchi : pour le moment
je crois qu'il faut nous voir un peu moins... Comprends-tu ?
Nous nous aimons, nous le savons : c'est entendu.
Mais d'en parler toujours, on se lasse, on s'irrite...
Voyons-nous moins souvent. Ainsi, quand tu viendras,
des choses seront nées que nous n'aurons pas dites.
Et alors tu verras, mon amour, tu verras
que nous serons heureux et très heureux encore !
Nous aurons des bonheurs nouveaux, j'en suis certain.
Nous allons nous aimer ! Tu verras !... Je t'adore !...
Tâche de revenir de bonne heure demain.

XIII

ÉPREUVE

Tu me racontes qu'à ce bal
tu as ri, ri comme une folle.
Et tu te plains que tes paroles
aient l'air de me faire du mal.

Je voudrais ne pas sembler triste,
mais j'ai du chagrin, oui, c'est vrai.
Tu dis que je suis égoïste.
Cependant tu l'as fait exprès.

Cette peine que j'ai, méchante,
tes yeux la guettaient dans mes yeux,
et si j'avais eu l'air joyeux,
tu n'aurais pas été contente.

XIV

AVEU

Je sais bien qu'irritable, exigeant et morose,
insatisfait, jaloux – malheureux pour un mot,
je te cherche souvent des querelles sans cause...
Si je t'aime si mal, c'est que je t'aime trop.
Je te poursuis. Je te tourmente. Je te gronde...
Tu serais plus heureuse, et mieux aimée aussi,
si tu n'étais pour moi tout ce qui compte au monde,
et si ce pauvre amour n'était mon seul souci.

XV

DUALISME

Chérie, explique-moi pourquoi
tu dis : « MON piano, MES roses »,
et : « TES livres, TON chien »... pourquoi
je t'entends déclarer parfois :
« c'est avec MON argent À MOI
que je veux acheter ces choses ».
Ce qui m'appartient t'appartient !
Pourquoi ces mots qui nous opposent :
le tien, le mien, le mien, le tien ?
Si tu m'aimais tout à fait bien,
tu dirais : « LES livres, LE chien »
et : « NOS roses ».

XVI

INQUIÉTUDE

Enfantine, tu fais bruire
d'un rire clair, aérien,
l'ombre inquiète où je respire.
Je n'aime pas t'entendre rire.
Tu ris trop fort. Tu ris trop bien.
Dans la maison lorsque tu sèmes
tant de santé, tant de clarté,
tu dois te suffire à toi-même.
Il faut à ma sécurité
que tu sois plaintive, dolente
et câline, et que tu te sentes
toute petite. J'ai besoin
de te savoir faible et fragile.
Je t'aime aussitôt beaucoup moins...
Et je suis beaucoup plus tranquille.

Inquiétude

Penche donc un front fatigué
sur mon épaule. Plains-toi même.
Souffre un peu. Doute si je t'aime.
Sois triste pour que je sois gai.

XVII

EXPLICATIONS

Non, ne commençons pas ! Écoute :
tu veux que nous nous expliquions ?
Tu le veux, coûte que coûte ?
Faisons bien attention.
Qu'allons-nous dire encor de triste et de sauvage ?
Qu'allons-nous nous dire, mon Dieu !...
Tais-toi, tiens ! Laisse-moi dégrafer ton corsage :
cela vaudra beaucoup mieux.
Les choses que tu veux me dire, ma petite,
je les sais d'avance. Allons, viens !
Déshabille-toi. Viens vite.
Prenons-nous. Le meilleur moyen
de s'expliquer sans être dupe,
c'est de s'étreindre, corps à corps.
Ne boude pas. Défais ta jupe.

Nos corps, eux, seront d'accord...
Viens, et ne fais pas la tête !
La querelle déjà prête,
tu sais bien qu'on l'oubliera
dès que tu seras venue.
Vite, allons ! viens dans mes bras,
toute nue...

XVIII

MÉDITATION

On aime d'abord par hasard,
par jeu, par curiosité,
pour avoir dans un regard
lu des possibilités.

Et puis, comme au fond soi-même
on s'aime beaucoup,
si quelqu'un vous aime, on l'aime
par conformité de goût.

On se rend grâce, on s'invite
à partager ses moindres maux.
On prend l'habitude, vite,
d'échanger de petits mots.

Méditation

Quand on a longtemps dit les mêmes,
on les redit sans y penser.
Et alors, mon Dieu, l'on aime
parce qu'on a commencé.

XIX

DÉFAITE

Ce n'est pas juste enfin ! Moi je suis trop sensible.
Quand tu m'as fait du mal, je tente bien parfois
de te le rendre. Mais ça n'est jamais possible !
Je souffre toujours plus que toi.

Toi, tu sais supporter les longues bouderies,
les regards durs et les silences obstinés...
Ah ! ne sois pas méchante avec moi, ma chérie !
J'ai trop de chagrin quand j'en ai...

... Mais je suis fou ! N'écoute pas ! Je te confesse
naïvement de dangereuses vérités...
Tu sais à présent ma faiblesse :
tu vas peut-être en profiter...

XX

STÉRÉOSCOPE

Je ne veux pas les voir. Emporte ces clichés
où tient, dis-tu, notre voyage et son histoire.
Mes souvenirs sont bien plus beaux dans ma mémoire.
Tu les éloignerais, voulant les rapprocher.
Emporte ces clichés où tout meurt et s'étrique,
où le passé charmant apparaît dépouillé
de sa couleur, de son parfum, de sa musique,
tandis qu'un détail bête y revit tout entier
avec une importance irritante et cruelle.
Ma mémoire est plus fidèle
qui sait si bien oublier.
Elle a sans doute un peu brouillé
les lignes, défait les contours,
estompé les décors qui restent imprécis...
Mais au souvenir réussi

elle a laissé son goût d'amour.
Elle conserve mes bonheurs
et me les tend au moindre appel,
avec leur douceur, leur saveur,
avec la hauteur de leur ciel.
Je n'ai qu'à les lui demander,
les heures que je veux revivre.
Elle a tout gardé, tout gardé :
l'âpre odeur qui nous laissait ivres
de ce bois de pins sur la mer;
le goût de vent et de grand air
qu'avaient nos baisers sur les dunes;
le village, le carrefour
des chemins où l'on s'est un jour
tant disputé, notre rancune,
notre interminable retour,
et comme je te querellais
d'être si froide et si brutale,
tout ce temps que tu mis exprès
à choisir des cartes postales...
et puis les pleurs et le pardon,
et l'église, et notre maison,
et nos courses à bicyclette,
quand nous fleurissions nos guidons
de chèvrefeuille... et tout, nos fêtes,

nos chansons, nos larmes, nos cris,
notre nature, nos jours gris
et nos belles journées parfaites,
elle me les rend palpitants
avec l'air qui les enveloppe...
Penses-tu qu'il en tienne autant
au fond de ton stéréoscope !
Tu ne trouves donc pas que c'est triste à mourir
ce blanc, ce noir, ces traits précis et décevants,
cercueils exacts où le passé fut pris vivant,
mais tenu si serré qu'on ne peut l'en sortir !...
Tu montreras à nos amis ces sarcophages
où des moments de nous sont ainsi prisonniers.
Ils s'émerveilleront : « C'était grand, votre plage !
C'était beau, ce pays ! Quels arbres vous aviez !
Vraiment vous viviez seuls dans ce petit village ?... »
Puis ils riront d'un geste un peu gauche que j'eus...
Amuse-toi. Fais-leur vivre notre voyage.
Mais moi, ces chers endroits, ces murs qui m'ont tant plu,
ces cadres où tu mis tes différents visages,
ne me les montre pas : je ne les verrais plus.
J'ai des images merveilleuses dans ma tête,
et tous ces documents ne m'en laisseraient rien...
Le Souvenir est un poète.
N'en fais pas un historien.

XXI

MÉDITATION

Quoiqu'on aime et souffre ensemble,
tous les deux,
au fond l'on ne se ressemble
que bien peu.
Il suffit d'une querelle
même infime,
pour qu'entre nous se révèlent
des abîmes !
On croit qu'on est éperdu
de tendresse,
mais dès qu'il ne s'agit plus
de caresses,
on ne se comprend en somme
qu'à demi...
Si tu étais un homme,
serions-nous des amis ?

XXII

LETTRE

Ah ! ma chérie, que ce sera long ! Tout un mois,
tout un mois sans ton cher tapage !...
Je te disais hier dans ma lettre : « Je crois
que je m'habituerai, que j'aurai du courage... »
Oui, du courage... un moment !
Et puis je retrouve ma peine.
Elle est là, dans l'appartement,
qui me poursuit et qui se traîne
derrière moi, le long des meubles, tout le jour...
Ah ! ces soirs sans baisers, ces matins sans bonjour,
ces nuits que je passe éveillé
à remuer de vieux souvenirs de bonheur,
et que ne comblent plus ton souffle, ni l'odeur
de tes cheveux sur l'oreiller !...
Si tu savais, l'ennui !... l'ennui !...

Lettre

On est si seul, tout seul ! La chambre est comme morte
où tu mettais ton ordre et ton désordre. Et puis
les choses qu'on remue, les armoires, les portes,
font un bruit différent, bizarre, inexpliqué,
un bruit de plainte et de malaise, qui insiste,
et met dans tout ce vide une présence triste
comme la pluie autour d'un rendez-vous manqué...
Tout prend un sens lugubre : une voix qui chantonne,
un cri d'enfant, des sons de piano, un pas
dans l'escalier, la rue tout à coup qui résonne
de fracas qui s'en vont et ne reviennent pas...
et puis, à la maison, l'air désœuvré des bonnes...
Marthe, qui se plaint et qui gronde,
exige des ordres pour les repas...
Que veux-tu que je lui réponde ?
Je n'ai pas faim... Je ne sais pas !...
Je n'ai plus qu'un souci : atteindre sans penser
le bout de ce mois commencé,
sans m'énerver à sa poursuite...
Il y a des gens, je le sais,
pour qui le temps, en ce moment, passe très vite.
Et j'essaie, ma pauvre petite,
de me persuader que pour eux et pour moi
ce mois sera le même mois,
qu'il passera, qu'il passe... Et je t'écris des lettres !

Lettre

Je t'écris des lettres, tu vois,
où je n'ai pas grand'chose à mettre.
J'écris, j'écris, sans savoir quoi.
Car les choses que j'ai chaque jour à te dire
sont de celles, vois-tu, que l'on ne se dit pas
sans la voix, les regards, les gestes, les sourires...
et qu'on se dit déjà si mal avec tout ça !...
Alors à quoi bon ? Pour quoi faire ?...
On croit toujours, dans ces propos épistolaires,
qu'on pourra mettre un peu de son être profond :
mais ces monologues ne font
qu'augmenter la distance avec leur rhétorique,
car il y manque justement
ce qui seul peut rendre charmants
ces bavardages : la réplique...
Je suis seul à mourir, mon petit enfant doux...
Au revoir, ma tendresse. Au revoir, ma petite.
Cette chose, c'est vrai, que vous m'avez écrite ?
Dans votre lit, le soir, vous repensez à nous ?...
Je vous envoie mon cœur gonflé de vous, avide
de vous, mon cœur malade et triste à se briser.
Je vous envoie ma peine, et ma vie insipide,
mon tourment, mon désir, mes soirs éternisés,
et pour bercer là-bas, cher corps, votre nuit vide,
des baisers, des baisers, des baisers, des baisers...

XXIII

POST-SCRIPTUM

Tu n'as écrit hier que deux petites pages.
C'est donc bien gai là-bas que tu m'oublies ? Tu dois
te fatiguer, voir trop de monde. Sois donc sage !
Il faut te reposer. Écris-moi ! Pense à moi !
Et puis ne mets pas tant cette robe nouvelle.
Elle te va si bien ! Je ne suis pas jaloux.
Mais, là-bas, tu n'as pas besoin d'être si belle.
L'air te la fanera. Garde-la donc pour nous.

XXIV

POST-SCRIPTUM

J'ai bu ta lettre avec une hâte fiévreuse.
Mais toi, lorsque ces mots écrits te parviendront,
peut-être seras-tu dans un groupe, joyeuse...
Ton amie te dira : « Ma chère, lisez donc ! »
Mais t'éventant avec ma lettre sans la rompre,
ayant vérifié l'adresse d'un regard,
peut-être diras-tu, pour ne pas t'interrompre :
« Ce n'est rien... Ce n'est rien... Je lirai ça plus tard... »

XXV

DISTANCE

Il m'a troublé comme un enfant
ton rendez-vous au téléphone.
J'avais dit, plus d'une heure avant,
qu'on ne laissât entrer personne
dans la chambre où j'avais éteint
pour t'attendre toutes les lampes.
Je sentais bourdonner mes tempes.
Et je n'étais pas bien certain,
seul au fond de cette ombre pleine
de la promesse de ta voix,
que je n'allais pas contre moi
sentir le vent de ton haleine...
Lorsque ton brusque appel tinta
je crois que mon sang s'arrêta
dans mes veines plusieurs secondes...

Distance

Puis tu parlas. Je t'entendis.
Mais tous les mots que tu me dis
semblaient venir du bout du monde.
Elle avait dû, ta pauvre voix,
parcourir d'une seule haleine
des collines, des champs, des plaines,
des villes, passer sous des bois,
longer des fleuves et des routes...
Et c'était pour cela sans doute
qu'elle m'arrivait, cette voix,
si changée, si diminuée,
si ténue et si dénuée
que ce n'était presque plus toi
qui parlais dans la chambre sombre,
mais quelque chose comme l'ombre
ou le fantôme de ta voix...
Je m'étais dit, ma chère absente,
que je te sentirais penchée
vers ma bouche, et sinon présente,
du moins mille fois rapprochée...
Mais au contraire à ce moment
la distance semblait accrue
entre nous indéfiniment...
Et tout à coup, tu m'as paru,
au bout de ce fil décevant,

Distance

si désespérément lointaine,
que je me suis trouvé, devant
ce téléphone, avec ma peine,
plus seul et plus perdu qu'avant.

XXVI

BRUIT DE VOIX

Tu as eu tort ! Tu as eu tort ! Je te répète
que tu as eu grand tort ! Et tu le sais très bien !
Oui, mais voilà : tu n'en veux faire qu'à ta tête !...
Oh ! ne pleure pas, va ! Ça n'arrangera rien.
Bois ton thé. Que ce soit fini ! Voilà deux heures
que nous perdons à batailler, à discuter.
Bois ton thé. Parlons d'autre chose... Bois ton thé !
Je te préviens que je m'en vais, moi, si tu pleures !...
Mais qu'est-ce que j'ai dit ? Mais qu'est-ce que tu as ?
Eh bien, soit ! c'est moi qui ai tort, là ! grand tort même.
Et maintenant essuie tes yeux... Mais oui, je t'aime !
Tu le sais bien !... Mais, nom de Dieu ! ne pleure pas !...
Tu dis ? Je t'ai fait mal ? Je ne t'ai pas touchée !
Où ça t'ai-je fait mal ?... Allons, embrasse-moi,
et que ce soit fini ! Là. Tu n'es plus fâchée ?

Bruit de voix

Alors ne boude plus ! Bois ton thé. Allons ! Bois !
Tu mettras de la poudre un peu plus tard. Tu m'aimes ?
C'est sûr ? Prends mon mouchoir : le tien est tout mouillé.
Qu'est-ce que vous voulez encore ? Un peu de crème ?
Un nuage ? Voilà, Madame. Vous voyez :
j'ai beau crier très fort, c'est toujours moi qui cède !
Vous avez vos grands yeux tout gonflés, tout ternis,
tout rouges. Voulez-vous sourire ? Hou ! Qu'elle est laide !
Allons ! Embrassez-moi. Là. Voilà. C'est fini.

XXVII

HABITUDE

Tu veux savoir pourquoi, sans cause,
je fais ce soir mes yeux mauvais...
Je pense à d'anciennes choses,
à des robes que tu avais...

J'ai beau chercher, je ne vois point
en nous de changements notables.
A peine y a-t-il un peu moins
de fleurs aujourd'hui sur nos tables...

Pourtant, pourtant, je me souviens
d'un autre temps, d'une autre flamme...
Il me semble que tu deviens
une femme comme les femmes.

XXVIII

PASSÉ

Tu avais jadis, lorsque je t'ai prise,
il y a trois ans,
des timidités, des pudeurs exquises.
Je te les ai désapprises.
Je le regrette à présent.
A présent tu viens, tu te déshabilles,
tu noues tes cheveux, tu me tends ton corps...
Tu n'étais pas si prompte alors.
Je t'appelais : ma jeune fille.
Tu t'approchais craintivement.
Tu avais peur de la lumière.
Dans nos plus grands embrassements,
je ne t'avais pas tout entière...
Je t'en voulais. J'étais avide,
ce pauvre baiser trop candide,

de le sentir répondre au mien.
Je te disais, tu t'en souviens :
« Vous ne seriez pas si timide
si vous m'aimiez tout à fait bien !... »
Et maintenant je la regrette
cette enfant au front sérieux,
qui pour être un peu plus secrète
mettait son bras nu sur ses yeux.

XXIX

SAGESSE

Ne soyons pas trop exigeants :
le Bonheur n'est pas accessible
à toutes les sortes de gens.
Il faudrait être moins sensible,
ou bien avoir beaucoup d'argent...
Ne demandons pas l'impossible.
Nous devons nous trouver contents
d'être les êtres que nous sommes :
des amoureux intermittents
qui sont fous l'un de l'autre en somme
de temps en temps.
C'est déjà beaucoup d'être deux,
deux côte à côte sur la Terre,
qui peuvent souffrir entre eux
et vivre sans trop se taire.

Sagesse

Et si l'on est plus exigeant,
si l'on se sent en y songeant
l'âme encor trop célibataire,
c'est qu'on a mauvais caractère,
ou qu'on est trop intelligent.

XXX

MEA CULPA

Au fond, vois-tu, mon erreur,
ma grande folie,
c'est d'avoir chargé ton cœur
de tout le poids de ma vie.

Le jour où l'on s'est aimé,
j'ai cru qu'en ce cœur offert
j'allais pouvoir enfermer
tout mon univers.

C'est de cette erreur profonde
que maintenant nous souffrons.
On ne fait pas tenir le monde
derrière un front.

Mea culpa

Ton cœur est tendre et sincère,
ardent et soumis.
Mais, tout seul, pouvait-il faire
que je me passe de ma mère
et de mes amis !

XXXI

MORT DU BAISER

Je t'avais dit : « Rappelle-toi,
tu chantais dans l'amour autrefois. Autrefois
il jaillissait toujours de toi, sous ma caresse,
un chant d'ivresse, d'allégresse,
un petit chant en vérité tout maladroit,
mais si clair, exhalé de sources si profondes
qu'il semblait contenir tout le bonheur du monde...
un petit chant de paradis ! »
Tu as rougi. Tu n'as rien dit.
Et pour me plaire, cette nuit, sous mon étreinte,
tu as chanté, chanté d'amour, comme autrefois.
Mais d'une voix !... Oh ! la fragile, faible voix,
atone, dénuée, éteinte,
voix de contrainte, voix de plainte,
qui m'a glacé le cœur d'effroi !

Mort du baiser

Je t'ai reprise contre moi.
J'ai voulu te cacher ma peine.
Ta bouche dévouée a fondu sous la mienne.
Mais ta tempe plus lourde à ma tempe a pesé.
Et tu as dit, chaude et lointaine :
« Il est si triste, maintenant, notre baiser ! »

XXXII

FINALE

Alors, adieu. Tu n'oublies rien ?... C'est bien. Va-t'en.
Nous n'avons plus rien à nous dire. Je te laisse.
Tu peux partir... Pourtant, attends encore, attends.
Il pleut... Attends que cela cesse.

Couvre-toi bien surtout ! Tu sais qu'il fait très froid
dehors. C'est un manteau d'hiver qu'il fallait mettre...
Je t'ai bien tout rendu ? Je n'ai plus rien à toi ?
Tu as pris ton portrait ? tes lettres ?...

Allons ! Regarde-moi, puisqu'on va se quitter...
Mais prends garde ! Ne pleurons pas ! Ce serait bête.
Quel effort il faut faire, hein ? dans nos pauvres têtes,
pour revoir les amants que nous avons été !

Finale

Nos deux vies s'étaient l'une à l'autre données toutes,
pour toujours... Et voici que nous les reprenons !
Et nous allons partir, chacun avec son nom,
recommencer, errer, vivre ailleurs... Oh ! sans doute,

nous souffrirons... pendant quelque temps. Et puis, quoi !
l'oubli viendra, la seule chose qui pardonne.
Et il y aura toi, et il y aura moi,
et nous serons parmi les autres deux personnes.

Ainsi, déjà, tu vas entrer dans mon passé !
Nous nous rencontrerons par hasard dans les rues.
Je te regarderai de loin, sans traverser.
Tu passeras avec des robes inconnues.

Et puis nous resterons sans nous voir de longs mois.
Et des amis te donneront de mes nouvelles.
Et je dirai de toi qui fus ma vie, de toi
qui fus ma force et ma douceur : « Comment va-t-elle ? »

Notre grand cœur, c'était cette petite chose !
Étions-nous assez fous, pourtant, les premiers jours !
Tu te souviens, l'enchantement, l'apothéose ?
S'aimait-on !... Et voilà : c'était ça, notre amour !

Finale

Ainsi nous, même nous, quand nous disons « je t'aime »,
voilà donc la valeur que cela a ! Mon Dieu !
Vrai, c'est humiliant. On est donc tous les mêmes ?
Nous sommes donc pareils aux autres ?... Comme il pleut !

Tu ne peux pas partir par ce temps... Allons, reste !
Oui, reste, va ! On tâchera de s'arranger.
On ne sait pas... Nos cœurs, quoiqu'ils aient bien changé,
se reprendront peut-être au charme des vieux gestes.

On fera son possible. On sera bon. Et puis,
on a beau dire, au fond, on a des habitudes...
Assieds-toi, va ! Reprends près de moi ton ennui.
Moi près de toi je reprendrai ma solitude.

TABLE

Table

Achevé d'imprimer en mars 2002
sur presse Cameron
dans les ateliers de
Bussière Camedan Imprimeries
à Saint-Amand-Montrond (Cher)
pour le compte des Éditions Stock
27, rue Cassette 75006 Paris

Imprimé en France
Dépôt légal : mars 2002.
N° d'Édition : 21815. N° d'Impression : 021533/1.
54-5200-02/8
ISBN 2-234-05208-4